GUÍA DE LECTURA

Escrita por Vincent Guillaume
Traducida por Laura Bernal Martín

Cartas a un joven poeta

de Rainer Maria Rilke

RAINER MARIA RILKE

- **Nacido en 1875 en Praga (República Checa)**
- **Fallecido en 1926 en Montreux (Suiza)**
- **Algunas de sus obras**:
    - *Coronado de sueños* (1896), colección de poemas
    - *Los cuadernos de Malte Laurids Brigge* (1910), novela
    - *Cartas a un joven poeta* (1929), correspondencia

Rainer Maria Rilke nació en 1875 en Praga y es considerado uno de los poetas germanófonos más importantes del *Jahrhundertwende* («cambio de siglo»). Amante de los viajes, amigo de Rodin y admirador de Cézanne, fue una figura emblemática del diálogo a través del arte.

Rilke, autor simbolista, defensor de la autonomía de la obra de arte, del sentimiento y de la interioridad, nos deja una vasta obra a la que podemos sumar su correspondencia y sus ensayos sobre el arte. Es conocido, sobre todo, por las *Elegías de Duino* y por sus «poemas-cosa», entre los que destaca *La Pantera*. Falleció a causa de una leucemia en 1926.

CARTAS A UN JOVEN POETA

UNA CORRESPONDENCIA ATÍPICA

- **Género**: correspondencia
- **Edición de referencia**: Rilke, Rainer Maria. 2011. *Cartas a un joven* poeta. Traducido por Linda Spahni. Palma de Mallorca: Editorial José J. de Olañeta, colección *Centellas*
- **Primera edición**: 1929
- **Temáticas**: poesía, creación, arte, discípulo, iniciación, aprendizaje

Cartas a un joven poeta está formado por las respuestas de Rilke a las misivas del joven Franz Xaver Kappus, que le pide consejos y su opinión sobre su poesía. Rilke le invita a dejar de preocuparse por las opiniones de los demás y a aprender a sumergirse en sí mismo. Así comienza su intercambio de cartas, en las que Rilke nos ofrece su punto de vista sobre el arte como forma de vida.

La correspondencia entre el poeta y su admirador desconocido transcurre entre 1903 y 1908. Es el propio Kappus quien, en 1929 (tres años después de la muerte de Rilke) publica las cartas a título póstumo, sin añadir las que él mismo había enviado.

RESUMEN

CARTA 1 (PARÍS, 17 DE FEBRERO DE 1903)

Rilke le responde a Franz Xaver Kappus, que le ha escrito para presentarle algunos de sus poemas, que su opinión no debería servirle ya que la crítica no permite abordar correctamente una obra. «Las cosas no son todas tan tangibles y expresables como se nos quiere hacer creer», le dice. Para Rilke, las obras son existencias misteriosas y mucho de lo que sucede en ellas no se afirma como tal.

Considera que a los versos de Kappus aún les falta carácter, pero nota un intento de acercamiento a algo mucho más personal. En ese punto, Rilke le aconseja que no vuelva a pedirle consejo a los demás, sino que, más bien, se sumerja en sí mismo y se pregunte cuáles son los motivos que le llevan a escribir, que busque una «respuesta profunda». La experiencia personal nunca es un tema demasiado pobre para un verdadero poeta y «una obra de arte es buena cuando surge de la necesidad». Por el contrario, basta ser consciente de que podemos vivir sin escribir para dejar de hacerlo.

CARTAS 2 Y 3 (VIAREGGIO, ITALIA, 5 DE ABRIL DE 1903 Y 23 DE ABRIL DE 1903)

Rilke le recomienda a Kappus las obras de Jens Peter Jacobsen (escritor danés, 1847-1885). Él y el escultor Auguste Rodin (escultor francés, 1840-1917) son los dos creadores que más le han enseñado. En la tercera carta, Kappus ha comenzado a leer las obras de Jacobsen, por lo que Rilke le anima a continuar con su lectura. Coincide con su comentario desfavorable con respecto a la introducción crítica de *Deberían haber sido rosas* y le recuerda que solo debe darle la razón a sus propias impresiones, que deben evolucionar con libertad, sin límites, con el paso del tiempo. «Ser artista quiere decir: no calcular, no contar; madurar como el árbol que no empuja a su savia» (Rilke 2011, carta 3), explica. Para Rilke, la paciencia es primordial tanto en la creación como en la comprensión artística.

CARTA 4 (WORPSWEDE, ALEMANIA, 16 DE JULIO DE 1903)

Visto que Kappus se plantea grandes preguntas sobre la vida y el sexo, Rilke le advierte de que nadie puede ayudarle, pero que puede encontrar la paz acercándose a la naturaleza y a las cosas simples. Debe aprender a amar sus preguntas y a no buscar respuestas que aún están fuera de su alcance y que le impedirían vivir sus preguntas: «Y se trata precisamente de vivirlo todo. *Viva* ahora las preguntas». Lo que tiene que hacer es acoger siempre todo aquello que provenga de forma natural de su ser y ser fiel a uno mismo, aunque sea complicado. La sexualidad es difícil, su tarea de artistas también lo es.

El sexo es una comprensión del mundo válida; la fertilidad espiritual va, además, de la mano de la fertilidad corporal. Ser artista no significa nada si no podemos hallar innumerables confirmaciones de aquello que creamos en el mundo real, como, por ejemplo, el recuerdo de numerosas noches de amor.

Rilke cree que es posible que un día el misterio de todas estas circunstancias sea descubierto y que un poeta supremo resuma la experiencia universal de todos los amantes –experiencia que, para Rilke, puede ser una «gran maternidad», ya que la belleza de las mujeres de todas las edades (e incluso la de los hombres con capacidades (pro)creadoras), radica en su futura, presente o pasada maternidad. La llegada de este poeta supremo la preparan, día tras día, artistas solitarios e inspirados.

CARTA 6 (ROMA, 23 DE DICIEMBRE DE 1903)

Rilke evoca la soledad como estado propicio para la introspección y le sugiere a Kappus mantenerse atento, en esos momentos, a todo lo que ocurra en su interior y no a su alrededor, aunque sea difícil, puesto que lo que sucede en lo más profundo de su ser es digno de toda su atención. Este método artístico debe primar sobre cualquier otra cosa, incluso sobre la preocupación de hacerse un hueco en la sociedad y sus jerarquías. El artista debe mantenerse lo más cerca posible de las cosas que realmente le afectan.

A continuación, Rilke propone una concepción de Dios como un ser siempre futuro, un extremo y un ideal de la creación artística, cuya llegada la preparan los hombres del presente y todas las cosas bellas que logran.

CARTA 7 (ROMA, 14 DE MAYO DE 1904)

Para Rilke, la tarea artística es indudablemente ardua, puesto que el artista se interesa por cuestiones difíciles, como el amor, del que debe extraer su singularidad. El amor verdadero es, según él, la última prueba: se aprende y requiere un trabajo sobre uno mismo en la más profunda soledad, con el fin de « transformarse en mundo para sí mismo en aras de otro», lo que constituye un proyecto de gran envergadura.

Sin embargo, los jóvenes son impacientes e ignoran todo esto: solo quieren disfrutar inmediatamente del amor. Esta inconsciencia solo aporta pérdidas (sobre todo de singularidad) y decepciones. Se refugian en las convenciones omnipresentes (el matrimonio, la separación) que la sociedad ha instaurado para ellos. No obstante, el artista rechaza esconderse tras estas facilidades y explora el amor, no como fusión, sino más bien como la yuxtaposición de dos soledades, y soporta todo el peso del mismo.

Sería conveniente considerar el amor sin clichés ni prejuicios en lo que concierne, por ejemplo, a las mujeres. Rilke cree que, un día, se mostrarán en toda su singularidad y ya no simplemente como el sexo opuesto, y a partir de entonces las relaciones serán mucho más humanas (el amor de humano a humano y ya no el amor entre hombre y mujer).

CARTA 8 (BORGEBY GARD, FLÄDIE, SUECIA, 12 DE AGOSTO DE 1904)

Para Rilke, las tristezas son «los momentos en que ha entrado algo nuevo en nosotros, algo desconocido», y en los que todo nos parece lejano y silencioso. Este desconocido, que desaparece a veces antes de que lo hayamos identificado, es asimilado y nos transforma de forma imperceptible. Es en esos momentos, en apariencia banales, en los que nuestro futuro se pone en marcha: es, por tanto, en los momentos de tristeza cuando más debemos mantenernos alerta. Porque si nos abrimos a la diferencia, a este desconocido, estaremos en adelante más conformes con nosotros mismos, puesto que habremos sufrido un cambio real. Nuestro futuro, nuestro destino nos pertenece; no nos viene dado del exterior.

El destino del artista es el de la soledad y, cuando se da cuenta, su reacción puede ser extrema. Sin embargo, es necesario vivir plenamente esta reacción para conocerse lo mejor posible. El artista se ve, de esta forma, enfrentado a las cosas más inconcebibles, pero las analiza sin llegar a la cobardía que implicaría cargarle la responsabilidad a un fenómeno exterior. Esta cobardía de los hombres que no abren su mente es, por otra parte, la responsable parcial de la pobreza de las relaciones humanas: la gente, al no quererse conocer por completo, no vive sus relaciones con plenitud, por miedo a que acontezca algo inesperado y potencialmente peligroso. Sin embargo, para Rilke, lo desconocido no es una trampa, sino que es natural y merece que aprendamos a amarlo. Es necesario amar la pena y el peligro, y no juzgarse cuando sentimos que estamos cambiando.

CARTA 9 (FURUBORG, JONSERED, SUECIA, 4 DE NOVIEMBRE DE 1904)

Rilke resume todos los consejos para ayudar a Kappus a

superar su dificultad de conciliar la vida externa con la vida interna: aguantar pacientemente y creer con ingenuidad, confiar en lo que es difícil –sobre todo en la soledad– y sobre todo dejar que la vida ocurra. Tiene que aceptar todos sus sentimientos, puesto que no son momentos de embriaguez pasajeros, sino que le construyen y hacen de él un ser más completo. Incluso sus dudas pueden ser beneficiosas si son conscientes y críticas.

CARTA 10 (PARÍS, EL SEGUNDO DÍA DE NAVIDAD 1908)

Rilke retoma elementos ya presentes en las cartas precedentes. También se despide de Kappus, deseándole que su amor en las montañas le sea de provecho en su vida futura y recordándole que el arte es una manera de vivir.

ENFOQUES

FRANZ XAVER KAPPUS

Estudiante de la Academia militar de Viena, Franz Kappus (1883-1966), joven aprendiz de oficial, decide escribirle a Rilke cuando uno de sus profesores, el capellán de la Academia, llamado Horacek, le cuenta que Rilke fue antiguo alumno suyo. De hecho, los padres de Rilke le animaron a estudiar en una escuela militar en Sankt Pölten, en Baja Austria, en 1885 (es decir, diecisiete años antes de la primera carta de Kappus) para que se convirtiera en un oficial. Sin embargo, Rilke puso fin a su formación en 1891 por motivos de salud.

Kappus comienza en 1902 su correspondencia con Rilke enviándole poemas y haciéndole confidencias. Se encontraba, por tanto, en una situación comparable a la de su destinatario en su tiempo; con una carrera militar en el horizonte, planteándose seriamente, por otro lado, una vida de poeta, y considerando ambas carreras incompatibles.

Kappus continuó su carrera en la armada y participó en la Primera Guerra Mundial. A continuación, trabajó como periodista y escritor, pero nunca se convirtió en poeta en el sentido rilkeano.

LAS INFLUENCIAS DE RILKE

Ávido de arte, Rilke estuvo profundamente marcado por diversos artistas, sobre todo por Auguste Rodin y Jens Peter Jacobsen, a los que cita en las cartas que dirige a Kappus.

Auguste Rodin

Rilke coincidió por primera vez con Rodin en 1902. El escritor, que se había casado el año anterior con una alumna del escultor, Clara Westhoff, decide ir a París para escribir una monografía sobre Rodin. En 1905-1906, Rilke se convierte en su secretario, antes de que una desavenencia se interponga entre ambos.

Rodin fue un tipo de padre espiritual para Rilke, del que admiraba varios aspectos:

- su proximidad con la naturaleza (sobre todo en su proceso creador, que Rilke comparó con el crecimiento de un árbol a partir de una semilla);
- su profundo conocimiento de las formas y los volúmenes;
- la fuerza vital de su arte, que expresaba lo bello, lo vivo y lo duradero sin que importase realmente el tema;
- la seguridad del escultor, dedicado en cuerpo y alma a su arte.

Encontramos aquí elementos que Rilke, tomando el relevo de su padre espiritual, intenta transmitirle a su joven discípulo Kappus.

Jens Peter Jacobsen

El entusiasmo con el que Rilke habla sobre el autor realista danés Jens Peter Jacobsen en *Cartas a un joven poeta* revela una profunda admiración. Jacobsen es uno de los escritores que más marcó a Rilke, si no el que más: las novelas cortas de *Mogens* y *Deberían haber sido rosas* y, sobre todo, la novela *Niels Lyhne* le influyeron tanto que no volvió a separarse de ellas. Además, se inspira fuertemente en esta última para escribir su propia novela, *Los cuadernos de Malte Laurids Brigge.* Rilke elogia allá por donde va el valor de Jacobsen, como en las cartas dirigidas a su mujer Clara y las dirigidas a su gran amiga Lou Andreas-Salomé. Reconoce abiertamente todo lo que debe a este poeta excepcional, una influencia íntima en todo su desarrollo.

Se maravilla con la profunda verdad que se desprende de los escritos de Jacobsen y comparte con él sus ideas sobre la soledad como parte integrante de la vida humana y sobre una muerte ya presente desde el inicio de la vida de cada hombre, muerte singular para cada uno (pensemos en la idea de un destino que está en nosotros desde el principio, evocado en la carta 8). Los estilos de ambos escritores se asemejan en la precisión, la emoción y la voluntad con la que quieren reconstruir la vida a través de sus textos.

LA POESÍA ABSOLUTA

No resulta complicado constatar en *Cartas a un joven poeta* hasta qué punto le da Rilke importancia al arte y a la poesía: para él, se trata de un modo de vida y de una elección personal que exige una total dedicación. En este sentido, podemos compararle con otros poetas de «final de siglo», como Stéphane Mallarmé (1842-1898), Arthur Rimbaud (1854-1891) o incluso Stefan George (1868-1933), que también fueron, cada uno a su manera, practicantes de la poesía absoluta (Mallarmé, por ejemplo, realizaba un trabajo meticuloso sobre el lenguaje, mientras que Rilke se basaba sobre todo en la inspiración).

Esta poesía consiste en reflejar el mundo tal y como se observa a través de una omnipotente subjetividad que el artista debe explorar (como la sumersión en uno mismo que Rilke evoca en la carta 1) con rigor y disciplina. Se percibe el acto poético como autónomo: no sirve para transmitir ideologías que provengan de otras esferas de la actividad humana, sino que se basta a sí mismo en cuanto que permite interpretar las conexiones escondidas entre las cosas. El arte revela (o más bien: sugiere), mediante la subjetividad, una dimensión insospechada, el funcionamiento secreto del mundo y de la existencia. Por ello, la poesía absoluta se asocia generalmente al movimiento simbolista, que se desarrolló a finales del siglo XIX, y cuyas principales características son las siguientes:

- la voluntad de unir una idea abstracta a la imagen a la que la asocia el artista, imagen que se limita a expresar la idea mediante su mera alusión (convirtiéndola así en un símbolo);
- la exploración de los misterios subyacentes en el mundo mediante la interioridad, la subjetividad y el trabajo conjunto de todos los sentidos;
- la búsqueda formal que lleve a expresar lo mejor posible una idea abstracta.

La poesía absoluta se traduce a menudo en un misticismo personal, la búsqueda del absoluto. El poeta tiene como misión el descubrimiento del mundo y de sí mismo a través de una búsqueda estética desdeñando la facilidad, las convenciones y las esperanzas del público.

CLAVES DE LECTURA

LA RELACIÓN ENTRE MAESTRO Y DISCÍPULO

Se trata de una noción que fácilmente se puede obviar por parecer evidente y que podría, sin embargo, en el contexto de *Cartas a un joven poeta*, no serlo tanto: es lo que hace que el joven poeta no esté artísticamente en el mismo nivel de igualdad que el destinatario de sus cartas.

Kappus (con 19 años de edad en 1902) admira a Rilke (7 años mayor que él), cuyo nombre ya empieza a hacerse un hueco entre los poetas. Hasta que no se da cuenta de que existe un denominador común (el profesor Horacek) entre él y el estimado autor, Kappus no se decide a escribirle para que opine sobre algunos de sus poemas y para pedirle consejo. Reconoce, por tanto, el valor de la edad (aunque la diferencia sea mínima) y de la experiencia, y se coloca con naturalidad en una posición de subordinación respecto a Rilke.

Por su parte, Rilke tiene ideas que no coinciden realmente con las de Kappus. Por ello, se propone rectificar las opiniones de su receptor y hacerle llegar opiniones nuevas, lo que es paradójico: Rilke parece rechazar la función de maestro que Kappus quiere hacerle adoptar implícitamente. Este le pide ayuda porque cuenta con su experiencia, y Rilke le responde que nadie puede ayudarle, que tiene que crear su propia experiencia y que las opiniones de los demás no deben preocuparle. Por el contrario: debe trabajar de forma personal y entrar así en sí mismo. «[...] y si de ese giro hacia el interior, de esa inmersión en el propio mundo surgieran *versos*, entonces no pensará en preguntar a nadie si son *versos buenos*» (Rilke 2011, carta 1), añade.

No obstante, existe una inevitable dimensión didáctica, ya que Rilke se vale de un tono magistral, empapado de una cierta superioridad implícita, para darle más fuerza a sus palabras: «Hay en sus consejos una gravedad, una sabiduría, una prudencia, una humildad declarada» (Gaudin P., *La Vie du poète ou la Croissance de l'œuvre* , p. 51, traducido) que son los atributos de un maestro que transmite su saber. Se sirve así de un tipo de autoridad que rechaza, pero que le ayuda a transmitir sus enseñanzas. Invita a Kappus a considerar la creación como una experiencia personal y al mismo tiempo le pide que para lograrlo haga exactamente lo mismo que él.

Estas paradojas hacen que nos cuestionemos el tema de la incomunicabilidad del arte y de la legitimidad de la relación maestro-discípulo: si el arte se yergue mediante un proceso puramente personal, ¿puede ser objeto de enseñanza? ¿Dónde acaba el consejo y dónde comienza la instrucción? Estas preguntas son aún más complejas al establecerse una relación de autoridad de forma natural entre ambos autores.

LA CREACIÓN SEGÚN RILKE

Cartas a un joven poeta contiene valiosas informaciones sobre las ideas artísticas de Rilke, que le describe a Kappus las nociones de base para, según él, ser un creador. Estas cubren todo el proceso artístico:

- la experiencia de la belleza. El artista sufre la belleza en un mismo tiempo en la complejidad de sus detalles y en su harmoniosa unidad. Por tanto, le coge desprevenido: puede prepararse al máximo para recibirla, acordar las condiciones de su llegada (gracias a la paciencia, la soledad y la apertura), pero es incapaz de provocar su surgimiento;

- la sinceridad subjetiva. Cuando Rilke le pide al joven poeta que acepte todo cuanto esté en su interior, se trata de una experiencia personal de la belleza, sea cual sea el objeto y sean las que sean las impresiones. Si estas últimas se volvieran más reales por la paciencia (porque el poeta no buscaba originar un debate sobre la belleza) y por la soledad, que es un distanciamiento y una renuncia a la familiaridad del objeto para abordarlo de otro modo y de forma más íntima (puesto que no se trata de un simple acto de imitación, sino de una búsqueda de la esencia del objeto tal y como lo ve el artista), entonces, abriéndose a esta belleza que se ha vivido más profundamente, el poeta llegará a una obra mucho más sincera;

- la dificultad. Parece paradójico tener que esforzarse en algo que debería llegar de forma natural. Sin embargo, existe una gran dificultad en la escritura, tanto en su enfoque, en el trabajo solitario que supone el escuchar a las cosas, como en la acogida de estas cosas, de esta naturaleza abordada de forma diferente. La escritura es un enfrentamiento a un ser desconocido y sorprendente, incluso inquietante;

- el amor y la maternidad. El arte se compara con un amor en fase de prueba: es un amor creador que se acerca a la sexualidad, percibida como el encuentro de dos soledades, de las singularidades de los dos amantes.

Metafóricamente, estas dos soledades se convierten, en el arte, en la del objeto y la del artista. Existe, por tanto, una similitud importante entre la creación artística y la maternidad;

- la eternidad. La belleza como impresión, como reacción de los sentimientos profundos y singulares del artista, es fugaz. La tarea creadora del artista es la de restituirla en la representación del objeto (concreto o en estado de recuerdo) al que se refiere, fijarla y conseguir así que perdure;
- el arte y la vida. Hacer que la obra perdure significa también permitir que conserve su parte incontrolable de indecible o inalcanzable, lo que se desborda del objeto y de su representación y que da a la belleza y a la obra su existencia misteriosa. Es así como la obra se convierte en algo vivo, que da o que crea vida, que prolonga la naturaleza como profusión inagotable. De ahí la importancia de la apertura, del hecho de aceptar sin reservas todo lo que se te ofrezca, aunque sea insignificante o indignante: esta es para Rilke la única forma válida de crear.

CLASES DE ARTE Y LECCIONES DE VIDA

¿Qué son, exactamente, las *Cartas a un joven poeta*? ¿Se trata realmente de simples consejos? A priori, sí: un joven angustiado ante una elección vital crucial le pregunta a Rilke si puede o no convertirse en poeta, y Rilke le responde explicándole que la profunda necesidad de escribir es la condición primordial para ser poeta y que, sin ella, las dificultades del creador no se podrán superar. Es, ciertamente, una respuesta satisfactoria, pero cuando Kappus le pide su opinión sobre sus poemas, Rilke elude su pregunta, afirmando que solo cuenta la opinión del artista sobre su propia obra. «¿Qué piensa usted?», pregunta Kappus; «Yo no, usted, ¿qué piensa usted?», responde Rilke.

Allá donde Kappus parece realmente esperar consejos concretos para mejorar sus capacidades poéticas, Rilke le ofrece cosas sobre las que pensar, le ofrece su actitud hacia el arte. Esta es la particularidad de *Cartas a un joven poeta*: parece que quieren, antes que nada, transmitir una manera de ser y de crear, más que métodos precisos. Los consejos de Rilke son, por ello, accesibles para todo el mundo y se convierten, de alguna forma, en universales. Podríamos incluso creer que Rilke, olvidándose de Kappus, aprovecha la oportunidad que este le ofrece para expresar sus ideas y su concepción del arte de la misma forma que lo haría en un ensayo sobre literatura.

Sin embargo, lo esencial es que expone sus ideas (y no con qué objetivo lo hace), contesta de forma regular a Kappus e insiste en que siga sus consejos. Se trata, por tanto, de una lección, pero no tiene el objetivo de transmitir técnicas. Podríamos, de esta manera, transformar las observaciones de Rilke en preceptos generales que podemos enumerar así, simplificándolos:

- la soledad como condición de trabajo;
- la naturaleza, la vida y la trascendencia del yo como objetos;
- la paciencia y la madurez como proceso natural de la creación;
- la singularidad del artista y de la obra como principio

creador;
- la apertura al mundo y al yo, sin reservas, como método;
- aceptar la dificultad de la creación, la soledad y la apertura como condiciones de acceso a la grandeza poética.

Esto, sin embargo, sería forzar prácticamente a los conceptos a clasificarse en categorías estrictas a ojos de la mayoría, demasiado académicas: aunque sin duda exista en esta clasificación un trasfondo real, es, no obstante, poco apropiada. Para Rilke, el arte no se puede sistematizar, alberga al mismo tiempo la espontaneidad y la riqueza de la naturaleza. Si, por ejemplo, rechaza la crítica, es porque es una prueba esencialmente reductora, que sistematiza, congelando la obra que, en realidad, dice siempre mucho más que lo que alcanza la vista.

Cartas a un joven poeta, puesto que expone ideas sobre el arte y su práctica sin consideraciones técnicas, es más una lección de vida que una clase de arte. Más en concreto, considerando la manera en la que, para Rilke, el arte y la vida se relacionan, podemos decir que se trata de una invitación a unirnos al arte de vivir que tiene sus fundamentos –tanto en la manera de crear (pensemos en la metáfora de la gestación y de la maternidad, Rilke 2011, carta 4) como en la de recrear– sobre la naturaleza, sobre la vida: «se trata [...] de vivirlo todo» (Rilke 2011, carta 4).

PISTAS PARA LA REFLEXIÓN

ALGUNAS PREGUNTAS PARA PROFUNDIZAR EN SU REFLEXIÓN...

- ¿Cree que está justificada la importancia que Rilke le da a la interioridad, en la que debemos penetrar hasta amar incluso nuestro dolor?
- ¿Qué características de Rodin y de Jacobsen encontramos en el pensamiento de Rilke? Explíquelas.
- Comente esta frase de Rilke en la carta 8: «[...] estamos solos».
- Dé ejemplos de pasajes en los que el tono de Rilke le parezca magistral. Según usted, ¿lo hace a propósito?
- ¿Considera que las respuestas de Rilke son apropiadas? ¿Cree que ha sabido aliviar las inquietudes del joven Kappus o, como Rilke, no está seguro de ello?
- ¿Cuál es su opinión personal sobre la enseñanza del arte? Según usted, ¿el arte puede enseñarse? Justifique su respuesta.
- Uno de los objetivos principales del movimiento simbolista es sugerir una realidad secreta que solo la unión del espíritu y de los sentidos puede percibir. ¿Qué pasajes de *Cartas a un joven poeta* le hacen pensar en este ideal?
- Aunque comparten el concepto de la autonomía del arte, hay que distinguir la poesía absoluta del decadentismo, representado, entre otros, por Oscar Wilde (escritor irlandés, 1854-1900). Compare ambos movimientos basándose en *El retrato de Dorian Gray*, del escritor irlandés, y en *Cartas a un joven poeta*.
- ¿A qué género literario asociaría esta obra?

¡Su opinión nos interesa!
¡Deje un comentario en la página web de su librería en línea,
y comparta sus favoritos en las redes sociales!

PARA IR MÁS ALLÁ

EDICIÓN DE REFERENCIA

- Rilke, Rainer Maria. 2011. *Cartas a un joven* poeta. Traducido por Linda Spahni. Palma de Mallorca: Editorial José J. de Olañeta, colección *Centellas*.

ESTUDIO DE REFERENCIA

- Ughetto A. et al., col. 1993. *Rilke.* Lettres à un jeune poète. *L'œuvre d'art.* París: Ellipses, colección *Analyses et réflexions*.

www.resumenexpress.com

ISBN ebook: 9782806275028

ISBN papel: 9782806285454

Depósito legal: D/2016/12603/479

Cubierta: © Primento

Libro realizado por <u>Primento</u>*, el socio digital de los editores*

Das Mädchen und die Nacht

Guillaume Musso

Das Mädchen und die Nacht

Guillaume Musso

Verfasst von Kelly Carrein
Übersetzt von Gerda Fischer